超煩少女 比結絲 ③

完美大對決

當超人真
不容易……

作繪 蘇菲・翰恩（Sophy Henn）

譯者 周怡伶

導讀與推薦

　　如果說想像力就是超能力，當有一天你具有超能力時，你想要擁有什麼超能力呢？

　　超煩少女比結絲是一本圖文故事，故事中有各種能力的超級英雄和不同特質的平凡人。當有了超能力，就必須運用超能力來保護世界和宇宙。一般人羨慕著超人擁有超能力，但透過這本書可以讓孩子們思考：自己想具有超能力來拯救地球嗎？像比結絲一樣有沒有什麼生活上的不便？或許會感受到「能力愈強，責任愈大」這句話。故事中精彩的情節可以觸發讀者對於「能力與責任」這件事的想法。

　　此外，書中有許多不同人物的特寫鏡頭，例如青筋暴怒的皮佛先生，有著怒髮衝冠的髮型，怒火沖天的鼻孔，漲紅的臉和四濺的口水。透過這些畫面可以讓孩子練習人物細節描寫。

　　想想看，我們如果不靠超能力，也能很 Super，也能拯救公園、保護世界，是不是很 Cool！趕緊翻開書本，跟著比結絲一起解決問題，讓世界更美好；同時透過閱讀，寫作時讓人物描寫更生動鮮明！

　　超煩少女，讓你擁有寫作超能力，解決生活煩惱事！

邱怡雯

教育部閱讀推手

作為超級英雄，超棒！但要做英雄又要做青少女，超煩！

　　擁有超能力，超棒！但這個超能力卻有點丟臉，超煩！

　　比結絲跟每位正在經歷「登大人」尷尬期的青少年、少女一樣，明明自顧不暇，還得常常放下手邊做到一半的好事、瑣事、正事或不正經的事，跑去拯救世界？

　　重點是，大家都不曉得比結絲做出的犧牲，尤其站在傑出的超級英雄家人身邊，她就更不酷了……這種不怎麼酷的情況，還倒楣的蔓延到了她的校園生活，不但交不到朋友，還被學校裡的高光少女們排擠。啊，真的超煩！

　　這是獻給身懷各式超能力、但日子卻過得不太順利的年輕讀者們，一本超能寫實鉅作！它告訴我們：成長路上，你並不孤單，生活中所有的問題和壓力，都能靠一個白眼紓解，如果不夠，那就翻兩個吧！然而別忘了，這些煩惱你也能和比結絲一樣，一一克服與度過喔。

許伯琴

「我們家的睡前故事」親子共讀頻道主持人

我的故事，前情提要……

嗨，我是**比結絲**，我現在 9 又 $\frac{1}{2}$ 歲（終於！），我是**超人**。你可能會以為，我是**愛現**又**自以為是**的討厭鬼，才會說自己是超人——**完全不是這樣**。我的意思是，我是**超人**，但是並不是你想的那種。

我沒有厲害到極點，也不是特別了不起，還根本算不上優秀，可是我是**超人**。

就是**超人**

超人。

唉。我真正要說的是……

……我是一個

超級英雄。

而且好笑的是，身為超人一點都不 super。完全跟 super 相反，其實是超級不 super。

我的意思是……我**根本不喜歡**當超人。

首先，雖然我可以決定用什麼方式打敗**壞蛋**（即使我真的不想，因為我比較想去播放熱門音樂的溜冰場，或是看書），但是我不可以自己決定要穿什麼衣服。因為我**媽**（沒錯，就是我**媽**）已經幫我選好了，我的服裝是……

……而且我必須一直穿著這套服裝。

一 · 直 · 穿 · 著。

翻白眼

而且，我必須保持警惕，一收到通知就**馬上衝去**拯救地球，不過我還是得準時做完功課。

還有，如果我不小心把午餐潑到披風上，我就**麻煩大了**；但如果是某個超級壞蛋，例如**吐霸**，吐滿我全身，那就**沒關係**。

一切都非常不公平。

噢，如果我在做這些事時搞砸了，那就……呃，我不想讓你擔心，但是……

而且，老實說，有時候情況會變得不太樂觀，例如有一次對付**高壓電男**……

還有一次，
黏糊糊哈利……

任務通常都可以圓滿解決，因為我家族的每個人都是**超人**，我們常一起出任務。就像**好玩的家庭出遊日**，只不過是加上壞蛋、減掉好玩的部分。

總之，**超人**就是這麼一回事——我們天生就是**超人**，並不是因為被昆蟲咬到、或是怪胎意外，也不是發生在科學實驗室、或某種天氣異常狀況。以上都不是，就只是因為生在**超人**家庭……

這些就是我的怪胎家人……

爆氣

而且，雖然我拯救世界

無數次，

學校裡每個人都還是認為我是個澈底的魯蛇。呃，不是每個人啦，除了我的朋友艾茵、茉莉、艾德，我們是環保委員會的成員。沒錯！我連在學校也在拯救世界！

翻白眼

光是這學期，我們已經幫學校餐廳的廚餘區弄了幾個堆肥桶，還在自然科小屋旁的角落

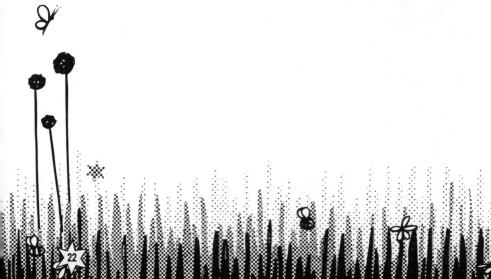

種了野花（吸引蜜蜂等等）。雖然做這些事情，跟與**超級壞蛋**進行跨銀河戰鬥不太一樣，但我確定這比較好玩，還有額外好處，就是我不需要使用我那可笑到極點的**超能力**，所以這樣很好。什麼？你問我的**超能力**是什麼？

太尷尬了。

超級、**超級**尷尬。

2

完美女孩登場……

那天早上……

　　那天是星期一，顯然我得去上學；也因為是星期一，我覺得從床上爬起來特別困難。很「幸運」的是，**汪達**來「幫忙」我起床……她跳上我的胸口。我本來想不理她，但是她開始舔我的臉（而且我幾乎能確定，她剛剛才吃完她最愛的**特臭**早餐餅乾），我忍不住**跳起來**、還**叫了一下**。

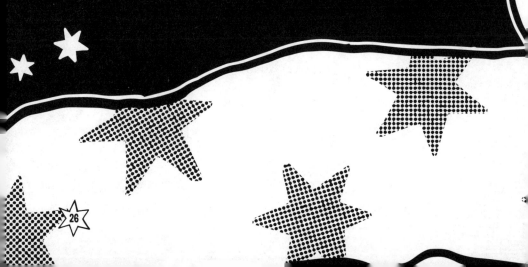

然後**汪達**對我說，我們必須去出任
務——現在就出動⋯⋯
太棒了。（一點都不棒。）

星期一一大早就被叫去出任務，對付一個外表像寶寶的**超級壞蛋**控制的巨大泰迪熊，讓我還能心情愉快，這並不常見，但是這次真的是這樣，所以我連抱怨**一下下**都沒有，就去上學了。走進學校，每個人看起來都**很興奮——坐立不安**，好像快要放假的感覺。但是根本就還沒到十二月，所以我知道一定不是因為放假。我在導師辦公室找到艾茴，問她到底怎麼了。艾茴說不知道，再說，我幹麼要知道？然後我注意

到，艾茵整個頭埋在新出版的《羊駝肥皂劇》，我一陣發抖，因為看到它就想起，有一次我被羊駝打到頭（我**快要可以**講出那件事了，但是還沒完全準備好）。總之，艾茵要是埋頭在一本書裡，那全世界就算爆炸了，她也不會注意到，除非她手上那本書被吹走。

所以我去問茉莉，她**總是知道**周圍發生了什麼事，這次也不例外。她跟我們說，每個人都**坐立不安**是因為，學校即將舉行**才藝表演！！！**我說「不會吧！」，茉莉說「就是會！」，而且大門公布欄還貼了一張正式海報。我說，妳確定那是正式海報，不是騙人的惡作劇？因為有一次瑞奇歐文貼了一張海報，說明天是「水果扮裝日」，要為慈善機構募款。

結果，隔天學校裡出現一堆迷惘的香蕉、迷惘的老師。從那個時候開始，瑞奇歐文就**麻煩大了**。

　　不過茉莉說，她確定這次是真的，因為這次海報不是用奇異筆寫的，還有很多小貓咪的照片。所以我們可以確定，這張海報是在接待室工作的傅樂太太製作的（她**超愛**貓咪）……嗯，看樣子是真的囉。

《羊駝肥皂劇》

中高年級

才藝表演

上台展現你的才藝！

時間：下星期五下午

地點：大禮堂

絕對沒有獎品

我們走向第一堂課的教室，經過海報時特別放慢速度，發現它看起來**真的像一回事**。有很多小貓咪的圖片，「**才藝**」兩個字寫滿了整張海報（雖然我不知道，貓咪和西瓜跟才藝有什麼關聯，但我必須承認，那隻在畫架前畫畫的貓咪好可愛）。學校裡的教師職員那些大人，如果願意的話也可以參加表演。

那天早上，我很興奮！可是不太確定為什麼，我又沒有什麼特別才藝。不過，我喜歡才藝表演，艾茴也喜歡，我們整天都在講這件事，我們覺得環保委員會應該要上台，但是要表演什麼呢？我建議，放學之後在學校旁邊的公園門口見面，聊一聊這件事⋯⋯不過，當放學鐘聲一響，**汪達**⋯⋯

又來了⋯⋯

比結絲！妳終於九歲半了，所以妳可以自己去打敗壞蛋……
這個壞蛋叫做完美女孩，而且她只有八歲半，所以對付她應該不費吹灰之力。
完美女孩正在搶劫頂尖糖果工廠，她會搶走裡面所有糖果，這樣會造成全世界的糖果缺貨……呃，至少這個地區會缺貨……

哇哈哈哈哈！

頂尖　糖果工廠

*邪惡的笑聲

頂級巨型泡泡糖

巨型糖果球，塞進妳嘴！！

噢，糟糕！
超級英雄的嘴巴被塞住了！

必須……
吐……
出來……

我就知道妳會這樣想……

妳怎麼知道？
我根本沒說什麼吧？！？

所以我帶了大風扇……
把泡泡吹回去！

吓

啵！

吹

好！

拉——開

我受夠了！

使出爵士手……

糖果包裝機

開

關

隆隆隆

糖果包裝由此進

屏住呼吸！

噢,糟糕!雖然比結絲像糖果一樣甜美,但是真的要這樣嗎?

甩甩甩

所以我用甘草糖條做成套索！妳逃不掉了！

結果，完美女孩又說對了！……

好了！結束吧……來一點這個……

嗯，如果我把那個黏在那裡……

……這個黏在這裡……

翻白眼

堅果巧克力

把妳包起來！

再見囉！

不斷扭動之後……

41

什麼？！？！

　　掙脫那張完全不尷尬 * 的大型巧克力包裝紙之後，我坐下來，頭昏腦脹，有點困惑。我在想剛剛到底發生什麼事（噢，等一下，原來是……

我　被一個
八歲半的小孩
澈底
打敗了）。

＊其實真的很尷尬

我突然懂了，為什麼**完美女孩**叫做**完美女孩**。仔細想想看，這不是很明顯嗎？但是我沒有這樣想過，所以……我猜，那就是為什麼我不是叫做**完美女孩**。

3

我的暴怒姑姑

噓，不要告訴別人

雖然我已經習慣在學校是個魯蛇，但是身為**超級英雄**的時候，我通常是贏的那一方。有時候我會被嘔吐物、臭果汁、黏液等等噴滿全身，但是我都能成功完成任務。呃，我們都能成功完成任務。但是這次是我自己一個人，我竟然**輸給**一個比我小那麼多的**超級壞蛋**。要確定耶？

　　總之，我想知道，這個叫做**完美女孩**的小毛頭是從哪來的，怎麼會從來沒聽過她？我必須知道更多，我在想，到底要找誰問。然後我突然想到……**暴怒姑姑**可能會知道，因為她和**完美女孩**都是**超級壞蛋**……或許她能透露什麼極機密的超級邪惡內部情報給我，如果下次我再碰到**完美女孩**就能派上用場。當然，我去拜訪**暴怒姑姑**必須是最高機密，因為其實我連提到她都不准，更別說去找她了……

從前……

　　大約兩百萬年前（或者可能是十五年），**暴怒姑姑**和**奶奶**大吵一架，從那時開始，她決定變成**正宗的壞蛋**。我試過很多很多次，想知道她們到底在吵什麼，但是我**媽**叫我去問我**爸**，我**爸**卻一個字都不說。我又很怕去問**奶奶**，因為她雖然是個好的超人，但是卻散發出一種**壞壞的氣質**。

　　總之，現在**暴怒姑姑**把時間都花在成為全世界最壞的**壞蛋**，只不過並不是很有效。但是她的確很努力嘗試。

我來到**暴怒姑姑**的巢穴（指壞蛋住的地方），她一看到我就**暴怒**起來，我當然一點都不驚訝，因為她就叫**暴怒姑姑**啊。然後她冷靜下來，罵我不該來找她，因為她知道這是不被

允許的，而且我 爸 會很生氣。我提醒她，既然她是個 **壞蛋**，那又何必在乎呢？結果她又再次暴怒了。

暴怒姑姑吼叫一陣子之後，我終於可以問她**完美女孩**的事，結果，她的意見還真不少……

妳知道為什麼我不要再當什麼超級英雄嗎？其中一個原因就是，這樣我就不用一直都很完美！妳知道的，就像你火豔姑姑那樣。

而且，說真的，怎麼會有壞蛋取名為完美女孩？聽起來不夠邪惡，根本一點都不壞……太可笑了！

（啊，所以我才被取這種名字！）

翻白眼

話說回來，完美絕對不是一件好事，只要想想看這樣妳會多麼討人厭——就像妳火豔姑姑那樣。

所以我覺得，完美是一件壞事，那就可以解釋為什麼，某個壞蛋會想要表現完美。嗯，也許那孩子還不賴，除了名字之外……

但是，讓我不耐煩的是，暴怒姑姑講了這麼多，卻一點幫助都沒有！呃，姑姑，謝謝妳喔！

翻白眼

最後……

　　我回家時，從我的房間窗戶偷溜進去（會飛在這個時候就很有用），我決定打電話給以前學校的好朋友蘇西，因為她說的都是正確的……ㄟ，應該說，幾乎都正確，因為有次她跟我說，應該讓她幫我燙頭髮，那絕對**不正確**，不過除了那次之外，她說的通常是對的。

蘇西跟我說，她跟湯姆（我以前學校的另外一個好友）參加學校旅行，買了同款遮陽帽。我有點難過，因為如果我還在以前那個學校，我也會跟他們一起買遮陽帽。不過，我還是很高興聽到他們的消息。後來講到才藝表演，講了很久，我們在想辦法，怎樣把我溜冰的技能，變成環保委員會的才藝表演。後來我告訴蘇西有關**完美女孩**的事，跟她說我被一個**八歲半**的小孩打敗。蘇西對我說，不必太擔心，因為**完美女孩**其實並沒比我小很多。而且，或許那次對戰方式是**完美女孩**擅長的，而不是我擅長的。我應該忘掉那件事，因為沒有

有人每次都贏。加上我以後很可能**不會再碰到完美女孩**。我知道蘇西說的大部分對，但是**不知道怎麼回事**，我覺得：我**很可能**會再碰到**完美女孩**。或許，在某個黑暗又遙遠的未來，**完美女孩**和我會再次對戰，那可能是我**打敗她的機會**……

……又或許明天早上就曾發生，而且在早餐之前。每個人都知道，早餐是一天最重要的一餐。而且我幾乎可以確定，如果我沒吃到早餐，完全是因為接下來發生的事……

可能吧……

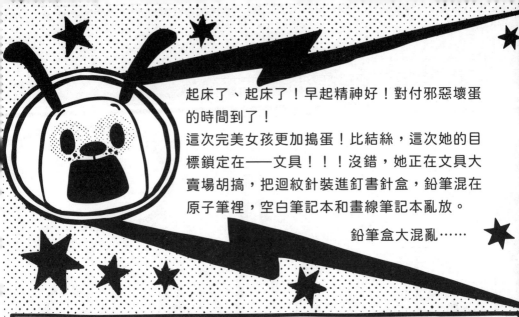

起床了、起床了！早起精神好！對付邪惡壞蛋的時間到了！

這次完美女孩更加搗蛋！比結絲，這次她的目標鎖定在——文具！！！沒錯，她正在文具大賣場胡搞，把迴紋針裝進釘書針盒，鉛筆混在原子筆裡，空白筆記本和畫線筆記本亂放。

鉛筆盒大混亂……

好，比結絲，這次不要搞砸了。妳不能讓完美女孩毀掉這個城市的鉛筆盒……

但，等等……

啪！

啪！

啪！

哇哈哈哈哈！*

★邪惡的笑聲

噢，混帳小壞蛋對著可憐的超級英雄發射橡皮筋，這行為是不被允許的，因為我們都知道那有多危險，對吧？我是說真的啦⋯⋯

雖然射橡皮筋是完全不被允許的，但是妳再射射看啊，我才不怕！

我就知道！哼，別擔心，我已經想到很多方法對付妳！

噢，太棒了！超級英雄反擊……

是嗎？

呃，或許吧。

使出爵士手、亮片炫風、還有亮片筆，全部出動！

可惡！

我以為我已經全都計畫好了！如果讓我媽知道，我就慘了。啊，還有我姊姊，她一定會永無止盡的拿這件事唸我。

什麼？

我媽媽把我取名為完美女孩是有原因的。

噢，好可憐，那樣很討厭！

哈!可能吧,但是現在我不必跟她說這些事情了,因為我靠著裝弱,讓妳卸下防衛!現在……

啊!

膠帶上場!

噢,現在是標籤製作……

等等……

快好了……

翻白眼

好了!

啪-!

魯蛇

噢,比結絲被貼了標籤「魯蛇」,而且她這麼丟臉的時候,正好被看到……

……捷特
(比結絲以前的頭號敵人,現在是超好的同班同學)來了……

我已經弄亂白板筆,弄壞橡皮擦……

……打亂筆記本,弄亂彩色原子筆。現在我要去跟我媽媽說!

魯蛇們,再見囉!

唉

我們走吧……

呃?哈囉?先幫我解開啦?!

★

我們組樂團的部分⋯⋯

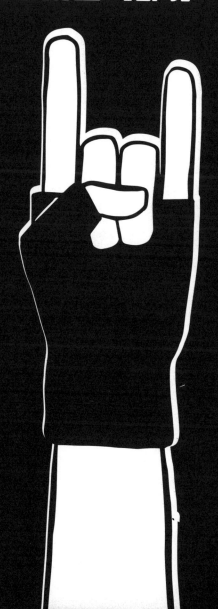

捷特和我坐在文具大賣場外面，覺得有點頭暈，呆呆的望著**完美女孩**消失在天際。剛剛的一切是真的嗎……我**又**被打敗了？

　　我看著**捷特**，她聳聳肩，**隨手撥撥**帥氣短髮。我把**完美女孩**的事情全都告訴**捷特**，我說，她才八歲半，卻已經是個超厲害的**超級壞蛋**，可是她基本上還只是個**小寶寶**……不知道怎麼會這樣。

　　捷特說，或許這是因為她勤加訓練、飲食健康，而且保持正向心態吧。**捷特**當然會這樣說，因為她是體操隊的，而且得過很多獎，這些事情她都有在做。我說，可是有人就是擅長某件事，而且努力去做，那就是**完美女孩**。

　　捷特回答說，大家都知道，每次都贏是不可能的，她只是那天表現得比較好。而且體操教練說過，我們應該把**每次失敗看成學習的機會**……我跟**捷特**說，這次已經是**完美女孩**打敗我第二次了。**捷特**有點可憐我的樣子，

但是她又立刻綻放笑容說，那我應該把它當作**兩次學習機會**。可是，我從這兩次對戰中只學到一件事，那就是：**完美女孩**是完美的，而我，很明顯**不是**。

後來……

　　上學途中，坐了我**爸**的車（不意外啦。很丟臉的被打敗之後，我有點來不及去上學。這讓我更不完美了），坐在後座時，我沒辦法拋開那種可怕的感覺：我會再被這個小不點**超人**擊敗，而且應該不會太久。

我要怎樣才能打敗完美的**超級壞蛋**呢？

她的祕密是什麼？

當個超人，我是不是要更像**捷特**才對？

到目前為止，身為**超級英雄**，我都是用自己的方式去做……但是，這樣夠嗎？對於拯救世界，我是不是太鬆懈了？我是不是需要一個教練，例如**捷特**？還是說，我需要一個計畫……對付**完美女孩**的完美計畫！

到了學校，我跟艾茵談這件事，不過她只說，每個人都有自己的方式，我們在**某方面**都是完美的。我有點覺得，她這樣說只是為了安慰我，因為我是個**魯蛇**。然後我們兩個都想到，我們還要想出報名才藝表演的內容……要表演什麼呢？

我建議，應該列出每一個人擅長的事，然後就可以看看有沒有什麼事情是**我們都很會的**。艾茵覺得這個點子很棒——**那就這樣決定了！**所以我們悄悄跟艾德和茉莉說，他們也豎起拇指贊成。我們講好，上午先把自己擅長的事情列出來，中午的時候再互相對照。

那天後來……

我真的

眞的

眞的

很努力想，我到底擅長什麼事。尤其是在物理課，這個科目絕對不會出現在我的擅長清單上（我真的很努力嘗試，但是我想，「雞蛋實驗意外」讓我有點畏縮——那又是另一個說來話長的故事）。到了中午，我的清單看起來很短，幸好其他人也是一樣，除了艾茵。不過茉莉想到，艾德會彈舌；艾德想到，艾茵會模仿威金斯阿姨（邪惡的營養午餐阿姨）；艾茵想到，茉莉可以用舌頭碰到自己的鼻子。

然後我們花了至少十分鐘，互相把其他人的清單加長。我不確定這樣有什麼幫助，可是感覺很開心。我覺得想出別人的長處，比起想出自己的長處簡單多了。我們把清單寫好之後，發現每個人擅長的事情都不少……

　　太好了！

可是，在我們四個人的清單上，沒有一件是相同的，所以找不出共同點。

艾德……

單腳站立平衡
作白日夢
雜耍
跳舞
蓋營地
數東西
收集泡泡糖

茉莉……

絕佳觀察力
畫畫
聊天
很會做卡片
流行時尚
到朋友家過夜
跑步
接球
算數

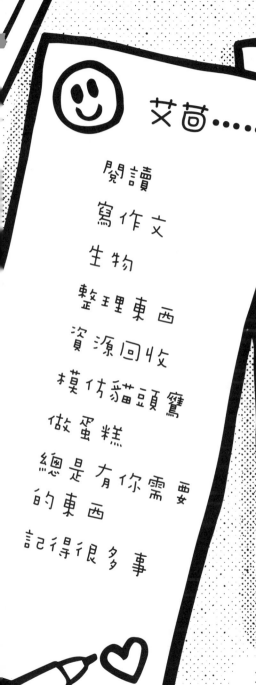

☺ 艾苴......

閱讀

寫作文

生物

整理東西

資源回收

模仿貓頭鷹

做蛋糕

總是有你需要
的東西

記得很多事

比結絲

飛

拯救世界

說笑話

吃披薩／甜甜圈

髮型很棒

讓人發笑

塗鴉

塗指甲油

不然，我們乾脆就......

……組樂團吧！！！！

這真是太令人興奮了。我一直想加入樂團，而且，雖然我們沒有一個人會演奏任何樂器，但是這並**不能阻止**我們組樂團，所以我非常高興。不過，第一件事情是，我們樂團要叫什麼名字呢？因為這是品牌塑造過程中**最重要的一步**，所以不能匆促決定。我們決定各自好好想想，放學後交換想法。

然後我看到**捷特**，我跑過去，因為我想再跟她聊聊**完美女孩**，交流一下作戰策略等等。我以前沒有做過這種事，但是這個**完美女孩**真的**惹毛**我了。也許是因為我敗在她手下兩次，

翻白眼

實在太丟臉。或因為她很完美這個事實，讓我覺得自己絕對不是完美的。我以前從來沒想過自己是完美還是不完美，但是這個小不點壞蛋，讓我想了很多以前沒想過的、不太美好的事情。我跟**捷特**說了這些，她表示，我只能盡力做到最好。

呃，好吧，**捷特**。但是顯然我的「最好」，還是不夠好啊？那現在我要怎麼辦？我已經被這個**超級英雄小寶寶**打敗兩次了，她就是這麼完美，找不出缺點。我就算盡力做到最好，還是很爛啊。妳這樣說，怎麼會有用？

嗯？

翻白眼

整個下午，我想了很多。糟糕的是，我想的都不是我應該想的——體育課時想樂團名稱（這解釋我的臉為什麼會被籃球打到）；數學課時想著**完美女孩**（這解釋了我的加法為什麼會算錯）；語文課時想著數學（大家都知道這樣一點也沒有幫助）。我忙著想這些事，甚至都沒有注意到瑟琳娜一直在取笑我，所以我猜胡思亂想也不是完全不好。不過，等到放學鐘聲終於響了，我只想出幾個樂團名稱，而且我幾乎可以確定，沒有一個是非常好的名字。

放學後……

　　我在學校大門找到艾茴、茉莉、艾德，我有點緊張等一下要把我想的樂團名稱給他們看。艾茴想出三個，茉莉想出一個，艾德忘記自己要跟我們組樂團。我們把所有名字寫成一張不是很長的清單，然後投票決定。大家一致同意，我們的樂團叫做……**起司方塊**。

　　瑟琳娜和**校園風雲人物**，顯然在聽我們的對話（我不懂，瑟琳娜已經**超級受歡迎了**，為什麼還要花這麼多時間找機會嘲笑我。她應該有其他更好的事情可以做吧？），她開始取笑我們的樂團名稱，笑得歇斯底里，還說我們是「stupband」（英文發音跟 stupid 相似，意思是愚蠢的）。我想指出這個詞根本沒有意

義（我猜她是要說 stupid + band ？？？），但是又想到，反正瑟琳娜已經說出來了，每個人都會覺得那很好笑，所以就算了。當然，他們真的覺得很好笑。

我回到家，討厭的妹妹**小紅龍**吱吱喳喳說個不停，所以我使出可靠的妙招——把綁成兩束的頭髮塞進耳朵……啊，一片寧靜。然後我就開始開心幻想著，起司方塊將會得到**空前的、超音速的、橫掃全場的**成功。而且我發現，雖然今天並不完全是很棒的一天（早餐前恥辱

落敗，**捷特**說的話完全幫不上忙，瑟琳娜和**校園風雲人物**覺得起司方塊很好笑，而且對付**完美女孩**的計畫**完全沒有**進展……），不過，還是有一點**值得高興**……因為，今天一早根本還沒有冒出什麼樂團，傍晚就誕生了「起司方塊」！

後來那天傍晚……

我坐在書桌前、躺在床上，打算做功課，不過大部分時間都在餵**巴樂**（最懂我的天竺鼠寵物）吃鮮蝦口味的洋芋片。我聽到有東西撞到窗戶，剛開始我沒理它，但是後來一直不斷有聲音，最後我起來看看到底怎麼回事。結果是**卡波**往我的窗戶丟土，我開窗時他正好丟了一團，害我臉上都是泥巴。**哼，太好了。**

為什麼他不能像一般**超人**那樣，飛到窗戶邊敲敲窗呢？呃，應該說，像一般的**超人壞蛋。卡波**是個**超人壞蛋**，也是我的超級祕密好朋友。我跟他從小就認識，我們不覺得身為正反兩方的勢力會影響這段非常完美的友誼。而且，沒有人能像**卡波**那樣，讓我笑到像豬叫。

我們坐在我的房間地板上，一起吃**巴樂**吃剩的洋芋片，兩個人笑個不停，直到**卡波**問我

今天過得怎麼樣，這時候我不笑了，因為今天過得糟透了。我跟**卡波**說有個**完美女孩**，結果**卡波**竟然認識她，在超級邪惡的**超人壞蛋**小孩的派對上（沒錯，他們也會開這種派對）。**卡波**確認了我懷疑的每一件事……**完美女孩**超級討厭，而且，真的很完美……

唉。

完美的禮物

完美的餐桌禮儀

完美的小幫手

91

卡波跟我講完之後，我跟他說，我已經跟這個完美女孩慘烈對戰兩次。卡波很努力忍住不要笑，但是他根本就忍不住，我知道這方面他一點都不仁慈，畢竟他是個超級壞蛋，所以我一點也不驚訝。但是，他看到我對完美女孩這麼苦惱，就住嘴不笑了，畢竟卡波並不邪惡。然後我跟他說，我幾乎可以肯定，我跟她會再對戰，因為完美

女孩顯然是衝著我來的,所以我真的真的真的想找出辦法,一個對付**完美女孩**的完美計畫,**澈底打敗她**。

卡波首先是我最好的朋友,然後才是一個**壞蛋**。所以**卡波**提出一個很棒的建議,他說我們應該一起去暗中監視她,看看能找出什麼辦法,而且**卡波**幾乎可以確定她住在哪裡,因為**卡波**參加過她的八歲生日派對……

我們找到**完美女孩**的巢穴。我們飛到她家的窗戶邊，看到窗台上擺滿了閃亮的獎盃，我們想，那肯定就是**完美女孩**的房間。不過，往裡面一看才發現，不是呀，房間裡有一個

*完美

人，比較像是大一號而且更閃亮的**完美女孩**……怎麼會這樣？！？！我很困惑……還以這裡是什麼**完美女孩**製造工廠，但是**卡波**訴我，這個人其實是**完美女孩**的姊姊。

　　光是看著這個**完美女孩** 2.0 版，就讓我
跟**卡波**頭昏腦脹。我們正要離開去躺平的時
候，真正的**完美女孩**衝進房間。她看起來很不
一樣，不像她以往那副所向披靡的樣子。她吱
吱喳喳的想引起姊姊注意，但是好像沒有用。
她真的用了**各種方式**，然後她們的媽媽進來

了（我知道那是她媽媽，因為**卡波**發出一聲哀
鳴——這個媽媽很可怕，顯然在生日派對上也
是），**完美女孩**的媽媽對她大吼，叫她別吵姊
姊，因為姊姊正在忙著**提升**自己。所以，**完美
女孩**就走了。

卡波和我飛到**完美女孩**的房間窗邊，窗台上沒那麼多獎盃（如果是我，有這些就夠高興了），我們看著她悲傷的撢掉獎盃上的灰塵。

我不懂。難道

完美女孩的姊姊

竟然比完美女孩

還要完美嗎？

我是說，她已經夠完美了！！！然後**卡波**告訴我，她姊姊叫做**超群女孩**，就是比所有人都**更厲害**的意思。我幾乎要同情**完美女孩**了。家裡有個什麼都比我棒的討厭姊妹，我了解這種感受嗎？呃，沒錯。但是又想到，我並沒有把氣出在一個穿著愚蠢長披風的**無辜超級英雄**身上啊。所以，我又生氣起來。

5

我要變完美的部分……

隔天……

我已經很習慣被一隻**有口臭的**狗兼傳訊機給熏醒，那很討厭；但是，一醒來就聽到超級煩人的妹妹的聲音，那更是超級討厭。

而且她在講什麼，我都聽不懂……

聽了半天才搞清楚，原來是有個叫做費娜拉的人打電話來（不是汪達這支電話），她想跟我談談我們的自然科報告，因為她想做到**完美！**呃，我**不認識**什麼人叫做費娜拉，而且我幾乎可以肯定，我**不可能**做出完美的自然科報告，但是**小紅**一直煩我、要我去跟她解釋，所以我就假裝我知道有這件事，「噢，對。」然後走過去接電話。

我應該猜到的（如果不是才**剛剛睡醒**，我會猜得到），那個人不是什麼費娜拉，而是**暴怒姑姑**，她偷偷打電話來。顯然她已經暗中調查清楚，確認了我懷疑的事——

超級討厭

超級神氣

超級自信

超級壞蛋

完美女孩⋯⋯

她超級

她超級討厭……

不止這樣，完美女孩的姊姊還更神氣、更有條理、更討厭。這一切可能是因為，她們的媽媽是全宇宙最虎的虎媽！她媽媽的超級壞蛋超能力，就是指使、囉唆、懲罰。

所以，基本上這都是我媽的錯，因為她不是虎媽。我就知道！

等我終於到了學校，艾茴已經決定，我們的樂團應該在中午第一次認真彩排。我是贊成啦，但是卻忍不住想，到底要彩排什麼，因為我們都不知道要演奏什麼，不管是唱歌或是更重要的樂器。不過，組成**真正的樂團**實在**太興奮了**，我決定不要擔心那麼多。我們所有人午餐狼吞虎嚥，然後走向音樂教室，尋找靈感。

音樂老師凱絲老師在教室裡，她聽到我們要組樂團，非常熱心，顯然她以前在學校也曾經組過樂團，名叫

強大搖滾噪音死亡。

這不太像我認識的凱絲老師會組的樂團，不過她當場唱起這個樂團的一首歌，聽起來，呃，**很大聲**，所以取這個名字也很符合。

106

等到凱絲老師從桌子下來，不再唱歌／尖叫之後，她很樂意幫我們的忙，也贊成由我來彈吉他，因為我整體的「外型」真的很適合彈吉他。艾茴學鋼琴學到第四級，顯然她應該是鍵盤手，茉莉對於打鼓**相當**有興趣，那麼就只剩下艾德，他不確定自己想演奏什麼……接著，他看到沙鈴。

決定我們各自要演奏什麼樂器，竟然非常簡單。但是，要真正演奏這些樂器，就**有點困難**。這很奇怪，因為我已經想像過很多次自己彈吉他的樣子，想像到以為自己真的會彈。不幸的是，實際上並沒有。當然，艾茵彈鋼琴彈得**很棒**，但是我不太確定**貝多芬**是我們這個樂團的風格。茉莉對於打鼓**超級**熱情，這似乎讓凱絲老師非常高興。艾德則是宣布，他是沙鈴的**天生好手**。

不過我們全都同意，我們可以在才藝表演之前多練習幾次，凱絲老師很願意幫忙。她還說，我們午餐時間都可以來音樂教室使用樂器，放學後也可以，只要我們先跟她說一聲。

「起司方塊」即將前進學校的才藝表演（一定會的），還會風靡全世界（可能啦）。**耶！**

接下來那天下午做了什麼，就有點**記憶模糊**，因為我還沉浸在組樂團的興奮中。這次從學校走回家的路上，我忙著想像「起司方塊」的第一次世界巡迴演唱，沉浸在假想中的第三次安可曲。突然，發現自己躺在我家前門的花叢裡，我不太確定自己怎麼會在那裡，又要怪罪那隻羊駝（真是說來話長）。

但是我聽到**汪達**冷靜而舒緩*的聲音，正
在說明另一個任務……

* 根本一點都不冷
 靜也不舒緩

快來啊！

完美女孩不滿足於搗亂糖果店，她現在還要去搗亂冰淇淋！她在一家冰淇淋店，把各種香甜可口的不同風味都混進一個大筒裡……比結絲，妳得去阻止她！！

★ 更邪惡的笑

我拖著**沉重腳步**走進家門，去浴室沖掉全身的「配料」，還有冰淇淋。**唉。**真是夠了！討厭的眼淚充滿眼眶，我不確定那是生氣的眼淚還是悲傷的眼淚。我大步走去找**汪達**，我問她，為什麼、為什麼、為什麼、**為什麼**——要派我去對付一個無所不知、什麼都很優秀的**完美女孩**，讓她一直不斷打敗我？害我很尷尬、心情很糟，而且——沒錯，為什麼任務指揮中心**就是這麼恨我？**

汪達看看我，聞聞她的腳掌，搔搔耳朵，然後就走掉了。我對她大喊「真是非常**感謝妳喔**」。這時，我那雙倍討厭、三倍討厭、無限倍數討厭的妹妹**小紅龍**，突然閃身進來。

哈！哈！哈！

她對我微笑的樣子，感覺好像是有點可憐我（呃，不用了謝謝。真要說的話，應該是我可憐妳，因為妳真的很魯蛇……因為什麼都是妳贏……啊隨便啦）。她建議，不如在這個**完美女孩**主導的遊戲裡，由我扮演**完美女孩**。

我開始思考她說的，**小紅**卻爆出笑聲，我才明白她在開玩笑。這很奇怪，因為那種誇張的事情通常是我對**小紅**說的，而她通常是親切又熱心助人，不會表現得這麼諷刺。我覺得很生氣，但同時又不禁讚嘆她，連我自己都糊塗了。好啦，哈哈哈，**非常好笑**，想像我變得完美，而且還贏過完美女孩。這真的是**太太太好笑了**……

嗯──想像一下……

119

那天下午……

　　也許**小紅**的「笑話」並沒有那麼好笑。或者，我應該嘗試看看。**沒錯！**這就是對付**完美女孩**的完美計畫！我能想到這個點子，或許就是**變得全然完美的開始**。現在，我只需要在其他部分也變得完美就可以了……看起來很簡單嘛……

　　哈！我要讓**完美女孩**這個小壞蛋看看，誰才是完美！

呃，也許並不是那麼容易。但是，當然最
後我一定會搞定的。

這樣好多了。其實，可以說是完美！

6

巴樂火大了

成為了全新且**完美**的我，好興奮啊！隔天早上我很早醒來，連太陽都還沒出來，甚至比全家都還要早起。有太多事要做了，我要在很多方面做到完美，多到讓我覺得有點慌。不過我跟自己說，完美的人不會這樣想（因為他們可能忙著達到完美）。而且我在想，或許我應該每天早上天還沒亮就起床，安排好每一件完美的新事物。

　　我去天竺鼠的籠子打算拿出巴樂，她睡得很沉。呃，直到我叫醒她。我跟她說，我要變得完美。巴樂是個非常好的聆聽者，而且她很了解我。所以我非常驚訝的是，我把我的計畫告訴她，可是她看著我的樣子，好像我在說我喜歡吃牛肉口味的洋芋片之類的。（我們兩個都認為，那是**最糟糕的口味**。噁——）

嗯，或許她沒聽懂？我的意思是，她畢竟是一隻天竺鼠。所以我又跟她講了一遍，她還是一副覺得很噁心的樣子。什麼？這是**最完美的計畫**啊！難道，對她來說太難懂了，因為——**不會吧！**——她並不完美？噢，可憐的巴樂。我真的希望這不代表我得要找一隻完美的新寵物……

吃完一頓健康完美（但是噁心到極點）的早餐，我去上學，而且完美的準時到校。艾茴看到我這麼早就到學校，她非常驚訝。而且她更驚訝的是，我跟她說，在才藝表演之前，「起司方塊」絕對要在每天中午跟放學時練習。我解釋說，我們只剩一星期了，我必須**表現完美**，這表示，樂團也應該表現完美。

艾茴說，應該是我們盡力做到最好，而且做的時候覺得很開心。

我說，這種態度不會讓任何人獲勝；接著艾茴表示，這又不是比賽。所以我跟她說，其實也許每一件事情都是一種競賽，而且今天我顯然在全班最完美髮型的競賽中獲勝。

艾茴問，根本沒有人知道有這項比賽，怎麼會有所謂的獲勝？我 **翻白眼** ，因為——拜託，妳是認真的嗎？

過了幾乎完美（才剛剛開始）的上午之後，我在音樂教室跟艾茵、艾德、茉莉見面彩排。我指點茉莉打鼓、傳授艾德幾項沙鈴技巧，而且還協助艾茵彈鋼琴。我知道我沒有像艾茵學鋼琴那麼久，其實我根本沒學過，但是我覺得她有些地方要再加強一下，得彈得再更……呃，**更完美**一點。

　　後來我們在收拾的時候，我跟她們說，雖然大家真的很努力，但是「起司方塊」應該要盡量多練習幾次，因為還有很多進步空間，我相信大家也都同意……

整個下午我很煩躁，因為上課點名時我才想到，我剛剛一直在「協助」樂團裡每一個人，卻忘記自己得要練習吉他。而且我真的真的真的需要充分練習。

　　我很**慌張**，因為，像吉他那麼難的東西，要在一星期之內，從零進步到完美，我不確定時間夠不夠。但是，不完美已經不是一個選項了──我一定要想出辦法才行。

　　放學之後，我衝到音樂教室，凱絲老師非常親切的說，如果我很小心的話，可以借用吉他。**太棒了！**現在我可以一直練習、練習、練習……真正的**搖滾樂手**才不在乎睡多少，不是嗎？不過，他們沒有功課要寫，也沒有**超級壞蛋**要對付。我當然有辦法做到這一切……而且會做得

很完美。

走路回家時，我覺得我至少提吉他提得很完美。就在這時候，差一點被**汪達**絆倒。通常在這種情況下，我會摔飛出去，但是我卻**完美的**繞過她！

　　什──麼──？

　　對付**完美女孩**的完美計畫，有效！

　　噢，如果能少跌倒一點就好了……

　　（羊駝，都是你害的！）

汪達看起來很失望。接著她告訴我，快去把吉他放好，因為我要去出任務⋯⋯啊！我現在真的沒有時間出任務，除非是，利用這個機會來**練習完美？**

媽媽、爸爸、小紅努力安撫這隻拳打腳踢的雪怪時，比結絲在旁邊思考，打算想出一個完美計畫……

嗯，要麼做呢

大家別擔心……

但是媽媽已經用她的雷射眼……

我們的英雄終於想出一個計畫了……完美！

我有辦法！

我們的英雄一直沉溺在她的完美計畫……

……把大雪怪關在冰柱籠裡，讓他有很多時間冷靜下來，不過比結絲卻沒有注意到大家的努力，而且還……

……我的完美計畫是這樣這樣……

……媽媽用雷射眼把

噢，快看！

我做到了！完美！

翻白眼

妳真的有做嗎？

有效！
完美計畫
眞的
有效。

　　我**完美**打敗了**大雪怪**。為什麼以前沒有這樣做呢？

　　變得完美實在太棒了。而且回家的路上，我還給**小紅**一些提醒，教她如何打敗**壞蛋**。我想，她很感謝我。可能啦。我跟我**媽**說，我沒有時間吃晚餐，因為我得要把吉他學好（而且要完美），還要做功課（也要完美），所以我**媽**只為我做了一個三明治（不是那麼完美，但是我想就算了）。

失望！

回到房間之後，我練習吉他好幾個小時，但是還是**沒有達到完美**，我開始有點**焦慮**。

　　卡波來找我，這很好，但是我真的沒有多餘的時間分給他，或是分給他帶過來的**巧克力蟲蟲糖**（完美的人會吃巧克力嗎？我希望會），因為我連功課都還沒開始寫。

　　卡波問，為什麼要把吉他練到完美？我開始把一切解釋給他聽，但是後來我發現，我真的沒有時間跟他解釋。

　　卡波的表情很困惑，他說我真的變得很奇怪，完全不像本來的我。其實仔細想想，他覺

得我變得像**完美女孩**，或者更糟的是，像**完美女孩**的姊姊……為什麼要這樣？**卡波**說，他覺得本來的我，個性比她們兩個更好。他很清楚是因為，他跟她們兩個都玩過大風吹。

我指出，雖然個性好是很好沒錯，但是，我要變得**完美**才能打敗**完美女孩**啊。這讓我想到，我還要事情要做……

　　然後，**卡波**翻了個白眼（我猜啦）就**飛走了**。哈！他應該是**嫉妒**我變得（幾乎）完美。或許吧。

　　我做了幾次**開合跳**，跳回書桌邊（因為我沒有跑步機，只好用這個代替），眼角餘光瞥見**巴樂**對我露出鄙夷的眼神。喂，大家到底怎麼了？不是應該為我高興嗎？我可是變得接近**完美**了呢。但是我又想到，我沒有時間想那些，我開始嘗試彈出 C 和弦。

一次。

又一次。

再一次。

樂團四分五裂的部分……

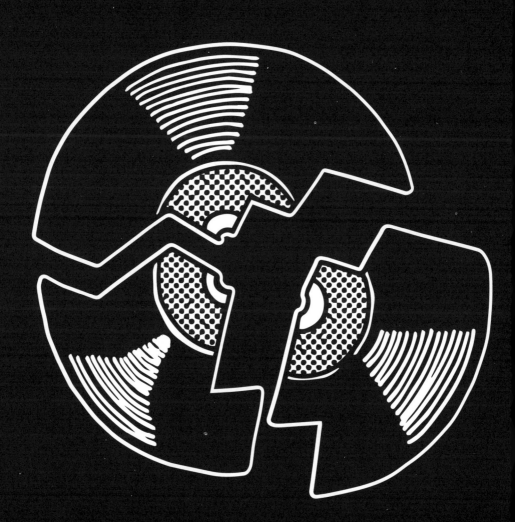

我累到錯過第一次**鬧鐘響**，所以上學前只能練習吉他一小時，讓我覺得**手忙腳亂**。然後我不小心吃了不健康的早餐，而且把食物**灑出來**沾到披風，還忘記帶數學課本。我不敢相信竟然會做錯這麼多事，而且這些還只是發生在早餐前。

啊。

只覺得有**好多事情要做**，而且要達到完美，但我一點都不確定，自己是不是能做到一切。

並且，**做得完美。**

亂七八糟

頭髮翹起來

睡眼惺忪

不健康的
早餐……

……從披風
上滴下來

書包，忘
記帶數學
課本！

襪子（又）
往下滑

髒髒的
鞋子

在學校……

　　我直接走進廁所，跟自己好好的說說話，把幾乎完美的髮型弄順，告訴自己要忍住，連稍微哭一點點都不行（因為沒有時間），然後我走向教室。艾茜對「起司方塊」超級興奮，她說中午的練習她可以參與，但放學後就不行了。

　　ㄟ，為什麼？我問艾茜，**到底**有哪件事情會比讓樂團完美更重要？我們不能在整個學校面前表現得**不完美**。我的意思是，那會尷尬到極點——我要維護我的名聲啊。

　　這個時候，艾茜揚起眉毛。我正想說一些誇張的話、回嘴反擊，瑟琳娜卻插進來，喋喋不休的說我剛好跟完美相反，「根本一點都不完美……哈哈哈哈哈哈。」

真的嗎？

我提醒艾茴，其實這是因為要打敗**完美女孩**，她當然非常完美，如果她很完美，那我**也要完美**才行。而且，怎麼會有人不想變得完美？我是說，真正的……**完美！！！**

艾茴看起來有點惱怒，她又跟我說了一次（這次比較大聲）：才藝表演是為了好玩，而我要把「起司方塊」變得完美，這樣卻剛好弄成好玩的相反（就像瑟琳娜說的，根本一點也不好玩）。她說，如果我們自己覺得玩得開心，觀眾也會開心。

聽了這些，我忍不住**翻白眼**，因為現在並不是玩得開心的時候，而是要**變得完美！**難道艾茴沒有聽進我說過的話嗎？呃……關於**完美女孩**？！？！

艾茴還說，就連她自己也不完美。

我說，是啊，沒錯。

啊啊啊啊啊啊啊啊啊啊啊啊啊啊啊

整個早上，我真的很努力忍住，但還是覺得**有點生氣**，艾茵竟然說才藝表演是為了好玩。好玩？好玩是很棒沒錯，但我要的是**做得正確**。才藝表演前，我每個小時都在練習，但是如果「起司方塊」樂團其他人並沒有這樣練習，那有什麼用？我一邊覺得生氣，一邊又要努力表現完美，到了中午我已經**完全累垮**。在想我是不是太弱了，後來我提醒自己，只要打敗**完美女孩**，這一切都是值得的。才剛變得完美，這時我還不是很確定是否可以打敗她，但是我相信那應該是一種心態，而我的心絕對就在**正確**的狀態。

太棒了。

　　我跟「起司方塊」其他團員在彩排室見面。我沒有跟他們一起吃午餐，因為我要再做一次法文功課，因為我做得**不夠完美**——或者我應該說，不夠 parfait。

　　我看得出來，艾茴、茉莉、艾德，都很努力演奏樂器，但都**那不是完美的**。我盡可能和藹的對他們指出這一點，接著艾德放下沙鈴說，他不要完美。他喜歡的樂團，沒有一個是完美

154

的；而且，他願意參加才藝表演的唯一原因是，他以為會很好笑，但是結果卻不是這樣。所以他說他很抱歉，必須離開樂團。

茉莉放下鼓棒，她說她的感覺跟艾德一樣。

我看著艾茴，她聳聳肩說她也贊成他們。艾茴說，雖然要對抗一個叫做**完美女孩**的**壞蛋**顯然有難度，但是那並不表示，我必須**完全變成**像她那樣；而且，那也絕對不代表，「起司方塊」也要變得完美。艾茴還說，其實她和艾德和茉莉都認為，以**比結絲**本人來說，我已經可以算是完美了，所以他們當初會跟我變成朋友。

呃，她這樣說是很好沒錯。我是說真的，但是艾茵花了這麼長時間才說完，而我如果要一個人單獨表演，那我真的沒有時間跟他們**閒聊**……

……我需要大量的練習才行。距離才藝表演只剩下一星期了，還好中間有個週末……不用去學校的時候，我就有更多時間可以練習。但是，一星期也不是很久，而且**完美女孩**可能會隨時發動攻擊。所以

我必須

隨時

準備好……

但是後來，在星期三那天……

　　放學鐘聲一響，我立刻跑出學校。在走廊經過艾茼和茉莉，我真的想停下來跟她們好好聊聊，試圖**挽回**她們。這個星期以來我一直想這樣做，但是我**沒有時間**。我得盡快趕回家，因為還有很多事情要做……

　　我已經做了化學作業（兩次）、重新塗過指甲油（沒有塗壞）、背法文動詞（以防萬一）、練習吉他（練熟兩個新和弦——太棒了！）。接下來我要（再次）弄順我的頭髮、做數學功課（兩次，可能三次）、要我媽開始幫我燙襪子（有點不好意思說，她居然都沒燙過……真是的）、做出符合比例的人類神經系統模型（我希望能在生物課得到加分）、學會其他 4623 個吉他和弦。這時**汪達**踱步進來，用充滿懷疑的眼神看著我，還說要派我出一個任務。

認真？？？可以叫別人去做吧？我沒有時間。是不是大家都沒看到，我有幾千幾百件事情要做，而且要一直做一直做——感覺永遠都做不完。然後**汪達**插嘴了，她說這次任務是對付**完美女孩**。我知道，這是我一直在等待的時刻——我終於有機會可以打敗她了……**完美的**打敗她。

第一個挑戰……快速溜冰

咻咻咻咻咻……

衝衝衝衝衝……

第三項挑戰……超級旋轉……

喔噢！……

超級英雄覺得有黑頭暈……

就是這樣……
玩完了……

碰—!！！

哈！比結絲，認輸吧，妳永遠不會是完美的！

但是，溜冰是我的強項，我以為我溜得很好！也許我該認輸？

不必想那麼多，妳並不差，只是

……完美

怎麼會?

怎麼會,為什麼?

為什麼

怎麼會

為什麼?

　　我已經盡力嘗試,希望每件事都做到完美,但是就連溜冰我也輸了。

我覺得**混亂又困惑**，有一種我甚至不知道「什麼是完美，什麼不是完美」的感覺。沒有任何朋友，感覺不完美；但是參加一個「只是為了好玩」的樂團，感覺也不完美。我不知道該怎麼做才對，太令人困惑了，一切變得很

混亂。我這麼努力嘗試後，我的頭腦不是感覺到完美，而是感覺到**一切亂糟糟**，而且讓我心情糟糕跟恐慌，也有點低落。

我澈底陷入困境，不知道該怎麼辦。我那麼努力嘗試變得完美，變成完美的**超人**、打敗**完美女孩**，但是不管我怎樣努力嘗試，好像還是追不上**完美女孩**。

173

飛回家後……

　　火爆姑姑在我家。她在任務指揮中心有重要工作，下班回家路上順便過來。我突然非常生氣。**火爆姑姑**做任何事情都很完美（就連邪惡的**暴怒姑姑**都這麼說），但是派我去出任務，我被**澈底擊垮又尷尬**，讓我覺得自己很**笨又沒用**。為什麼她要這樣對我？為什麼任務指揮中心要這樣對我？

　　我不小心把這些想法都說出來，現在每個人都看著我，好像我比以前更**魯蛇**了。我媽好像很想罵我一頓，但是**火爆姑姑**阻止她，建議讓我跟她出去散散步、談一談。

火豔姑姑說，她一直在觀察事情的發展，雖然她覺得有點難過，但她也知道這是身為**超人**很重要的部分。她說，每個**超級英雄**都會有質疑自己的時候，其實這是好事，我們從別人身上學習——這樣才會**成為更好的超級英雄**（顯然這對一般人也有效）。

不過，認為自己一無是處，而且試圖模仿別人，完全不是一件好事。事實上，那樣非常糟糕。**超級糟糕**。如果我們以為，我們想要變成的那個人是完美的，那樣更糟，因為我們會永遠像瘋了一樣忙得團團轉，只為了想要變成他們那樣，可是這對我們一點都沒有幫助，因為世界上**沒有完美這回事**。

所以結果是，大家都是對的。聽完這番話，應該會讓我覺得好一點，但是老實說，只是更讓我覺得自己很蠢又沒用。

但是**完美女孩**呢？**火豔姑姑**要怎麼解釋她？她**各方面**都做得完美無缺，讓我覺得愈來愈糟糕，而且我不知道要怎麼停止這些想法。

火豔姑姑又提醒我，沒有人是完美的，就連**完美女孩**也是。而且，或許對抗**完美女孩**的最佳方式是，盡可能成為最好的**自己**，而不是**她**。

火豔姑姑這樣解釋，聽起來很有道理。我問**火豔姑姑**，那她自己完美嗎？**火豔姑姑**噗哧一笑說，自己在很多很多方面一點都不完美（我想那聲噗哧讓我相信了），然後她問我，記不記得有一次她做千層麵，我想起來了，而且有點想吐，因為……

我們回到家時，**外公外婆**剛好來訪。**外公**聽說我要在才藝表演上彈吉他，便問我會不會想借用他的吉他，那是一把好運吉他。顯然是在好幾百萬年前（大概啦），有一台凱迪拉克轎車裡坐著一個叫做**貓王**的傢伙，卡在月球上回不來，**外公**去救了他。為了表達感謝，**貓王**送了一把吉他給**外公**。我不太確定要不要相信這個故事，但是，借用吉他——當然好啊！

我問**外公**是不是也會彈吉他，如果他會彈，可不可以把他所會的全部教我，而且要快！其實是，現在就要！

外公呵呵笑了，他說，當然可以，但是我別太擔心是不是完全彈對，最重要的是**樂在其中**，因為總有更多東西要學。外公說，關鍵是要**享受這個過程。**

接著**外婆**翻個白眼說，**外公**講得很像他的老朋友吉米罕醉克斯[*]。我說，「誰？」

然後**外公**也翻個白眼，因為——拜託，竟然有人不認識他嗎？

翻白眼

[*] 美國著名音樂家，被譽為「吉他之神」

大家都留下來吃晚餐。我爸又做了他的拿手「招牌菜」——辣肉醬，真是驚喜啊（一點都不驚喜）。大家走向餐桌準備坐下，我媽罵我不該把書包亂丟在走廊，小紅跟大家說她數學考試得到滿分，而且我還被披風絆倒。一切都跟以前一樣。做回自己的感覺真好，更別提，我不用再一直擔心自己不完美了。

外公外婆終於回家之後，我去看巴樂，跟她解釋目前情況。她一點也沒有用鄙夷的眼神看我，甚至還有點享受我彈吉他給她聽——也許我正在進步！不過我有點擔心，因為現在我已經沒有對付完美女孩的計畫了。我的意思是，雖然我終於知道，完美女孩其實並不完美，但我還是沒有想出對付她的辦法。或許好好睡一覺會有幫助吧，也可能不會……

淘氣的「搖滾樂團」正在做壞蛋巡迴演唱，在各地造成混亂！現在華貴城裡大家都不能好好睡覺，因為搖滾樂團喝了太多汽水，行為非常糟糕。妳必須阻止他們！否則華貴城的人沒辦法睡覺，會很煩躁！

超級英雄尋著噪音來源……

那些壞蛋正在喧鬧！

弄得亂七八糟……

……喝很多汽水……

……各方面都很壞！

雷射眼、甚至亮片炫風都無法讓他們靜下來。噢不！

比結絲想到一個辦法！

把汽水換成熱巧克力……

沒多久，搖滾樂團壞蛋全都睡著了！

zzzzz
zzzzz
zzzz
zzzz

華貴城，祝你們有個美夢！

就在隔天……

　　一到學校，我立刻衝進教室。艾茵可能以為我還是在努力表現完美，她看起來有點害怕，但是我跟她解釋一切，並說了好幾百萬次對不起，她看起來很高興。這讓我也覺得高興。然後我更高興了，因為她同意重新加入樂團，而且還幫我勸茉莉和艾德再試一次。這有點難，因為艾德收到另一個樂團的邀請，演奏沙鈴（他一直在練習。根據艾德自己的說法，現在他已經很厲害了），不過，我對他們鄭重承諾，我們絕對不會有一點點的完美，而是要**玩得很開心**，所以，艾德**加入！**

起司方塊 復合了！

起司方塊

校園生活

189

我們在午餐時間和放學後練習，不過並不是為了要表現完美（這是不可能的），只是因為我們很**樂在其中**。我跟大家說那天「**搖滾樂團**」**壞蛋**的事，我們想出**精采的**表演內容。凱絲老師很鼓勵我們的「演出」點子，甚至還分享了一些她以前在

強大搖滾噪音死亡

的一些經驗，不過老實說，我不認為有誰會想看到我們穿**亮片緊身衣**，而且我也不確定演出前大家都能去把頭髮燙**捲**。不過我們還是謝謝她。

9

熱鬧滾滾……

噠、噠、噠……

今天是**大日子**。整個下午都在大禮堂舉行**才藝表演**——這太棒了，原因是……不用上物理課，可以欣賞別的表演，而且這是「起司方塊」第一次登台！可能也是最後一次啦。

艾茵、茉莉和艾德，已經想好各自要化什麼搖滾妝——我當然不需要，因為我這輩子都戴著面具 **翻白眼** ——但是我帶了我的貓王好運吉他。我們都沒有吃很多午餐（連艾德也是，而且今天的甜點是巧克力豆餅乾），因為實在是興奮到**坐立不安**。接著，終於到了這一刻……

我們的導師哈瑞絲老師，負責宣布每一個表演。瑟琳娜一直取笑「起司方塊」，但我興奮到一點都不覺得難過。瑟琳娜跟**校園風雲人物**組成一個樂團，叫做

迷你馬
俱樂部公主，

她們唱合聲、或說是接近合聲，我必須承認她們唱得滿好的，而且當然每個人都**很愛**，因為是……瑟琳娜！

最後……

　　輪到我們上場了。我們走上台，對彼此相視一笑，然後茉莉用鼓棒互敲三下，我們開始演奏……一切就像計畫的那樣進行——**很大聲、快節奏**，而且我們樂在其中——至少有一陣子是這樣的，直到……

老實說，我真的不知道現在是什麼情況。不過，我朋友是一隻北京狗，名叫羅納，他說完美女孩的媽媽有點生氣，因為完美女孩輸掉一場溜冰比賽，所以完美女孩回來進行最後的復仇……

才藝表演正在熱鬧進行中……

起司方塊

呃，抱歉……這可以叫做音樂嗎？？？

你們根本不會演奏這些樂器啊。

我可是會演奏很多樂器呢……

我會拉大提琴……

……甚至還會低音號！

我會吹長笛……

妳挑一樣吧！

200

我望向**完美女孩**，看到她非常**消沉**且**迷茫**的樣子。我也覺得很迷茫，照道理說，她是我的**超人**死對頭，我以為打敗她的感覺會**很棒**。

但事實並非如此。

完全不是……我可以告訴你，對於一個**超級英雄**來說，這種感覺真的太奇怪了！

我知道拚命想變完美，卻無法做到的感覺非常可怕。我為**完美女孩**感到**難過**，她一直在拚命做到不可能的目標，一定**累壞了**。我都懂。而且其實，我在瘋狂想要變完美之前，對於試著做到那些極不可能的事，就已經感到很厭煩了。

以前她讓我覺得自己像沒用的傻瓜，所以我很**生氣**，但現在這種感覺已經完全消失。取而代之的是，我想這個八歲半的小妹妹，可以聽聽我的建議，我的智慧可能可以幫助她，這種智慧是整整大妳一歲的人才有的喔＊。

＊可能還包括一個很有幫助的姑姑、外公，加幾個很棒的朋友。

我想告訴她，**沒有人是完美的**。沒有人可以做到完美，就連超級討厭的妹妹或姊姊也不可能完美，無論他們多努力。而且其實，當你

無時
無刻

想要做得完美，這樣會**錯過許多美好的事情**，例如活得開心、跟朋友在一起，享受正在做的事，而不是擔心那些無法做到完美的事。

但是，那樣講會讓人覺得一下子太多了，所以我跟她說，我喜歡她的新髮型，她翻了翻白眼（我知道，我真的很會帶動流行），而且我跟她說，真的，看起來**亂得很酷**，有時候甚至稍微不夠完美，其實反而更好。

　　然後我告訴她，我整個星期都在努力變得像她一樣，因為我以為她是完美的，但是我失敗了。不過在我試圖變完美的過程中才明白，我只能**做自己**；我絕對會犯錯，而且了解到，其實犯錯是一件**很棒的事**，因為有時候我們的錯誤會變成最大的成功。妳知道的，例如變成

一個令人驚訝的吉他搖滾之神，或是擁有一款又酷又亂的新髮型。

完美女孩小小的笑了一下，看起來鬆了一口氣，不過還是有點疑慮。我想，這是個漸進的過程——她不可能一下子完全改變（而且她的名字就是**完美女孩**呀——我們得要想想怎麼辦⋯⋯改成**非完美女孩**嗎？**不完全的完美女孩**？**完美毛孩**？這樣就要換成一套毛毛的超人服裝了——**可愛！**）。所以我給她一個鈴鼓，邀請她加入「起司方塊」的根本不完美的表演。

剛開始，**完美女孩**說她絕對不能這樣做，因為她從來沒有用過鈴鼓，如果演奏得不好怎麼辦？我就告訴她，如果她不是很拿手，那她馬上就能融入樂團了；而且其實就像**外公**說的，祕訣就是享受這段過程。

她看起來還真的享受呢。可能吧。

10

尾聲

我沒有注意到，**外公**已經悄悄混進大禮堂來觀賞我們表演。表演完之後，他說，他覺得我們的表演簡直**超級讚**。

凱絲老師也同意。連哈瑞絲老師都說，我們的表演**非常有活力**。

然後**外公**說要帶我們去喝奶昔，慶祝「起司方塊」樂團音樂之路的開始。**完美女孩**說，她本來也想參加慶祝，但是她太忙了、忙著在各方面進步。

我用嚴厲的眼神瞪了她一眼，然後心裡默默想著，要叫**卡波**去找**完美女孩**，因為**卡波**真的很會讓別人**分心**，他還很會**胡搞亂玩**。

卡波說，他絕對會去找**完美女孩**。我想起**卡波**會心電感應，能知道我在想什麼，就我叫他立刻滾出我的腦袋。他哈哈大笑說「看妳能把我怎樣」，所以我腦袋裡想著最糟糕的事

情（如果你想知道的話——**邪惡的**營養午餐阿姨威金斯阿姨端出一盤炒豬肝。**噁心！**），於是**卡波**就溜走了。

看來**卡波**確實很善於讓人分散注意力，他教**完美女孩**自己是如何享受各種不完美、而且這樣有多好玩。雖然**完美女孩**獲得的獎盃比之前少，但是她現在笑得比較多了，尤其是對一個**壞蛋**來說。

有時她邑全會假裝對髮圈上廠之類的地方發動攻擊，以便我被派去打敗她，但我們其實會偷溜出去聊天、一起吃洋芋片。太棒了。所以，現在我有兩個最要好的**祕密壞蛋**朋友囉！

迷你馬俱樂部公主贏了才藝表演，雖然那根本不是比賽，不過老實說我們並不在乎。我們知道「起司方塊」可能太前衛了，隨著時間過去，大家就會意識到我們是搖滾巨星天才。

絕對是的。

可能啦……

未來的搖滾天才艾德！

很確定的是，我們盡量努力做到**自己最好**的表現——不是別人的最好，而是自己的最好。而且，是用我們自己的**不完美方式**……這樣反而有點完美！

我懂！！！

是不是有點困惑？

噢，好吧。

故事結束……

故事 ++

超煩少女比結絲 3：完美大對決

作　　繪	蘇菲‧翰恩（Sophy Henn）
譯　　者	周怡伶
總 編 輯	陳怡璇
副總編輯	胡儀芬
助理編輯	俞思塵
封面設計	斗宅
內頁排版	斗宅
行銷企畫	林芳如
出　　版	小木馬／木馬文化事業股份有限公司
發　　行	遠足文化事業股份有限公司（讀書共和國出版集團）
	23141 新北市新店區民權路 108-4 號 8 樓
電　　話	02-22181417
E m a i l	servic@bookrep.com.tw
傳　　真	02-86671056
郵撥帳號	19588272 木馬文化事業股份有限公司
客服專線	0800-2210-29
法律顧問	華洋法律事務所　蘇文生律師
印　　製	中原造像股份有限公司
初版一刷	2024（民 113）年 7 月
定　　價	360 元
I S B N	978-626-98735-4-8
	978-626-98735-3-1 (EPUB)
	978-626-98735-2-4 (PDF)

有著作權‧侵害必究 ‧ 缺頁或破損請寄回更換
歡迎團體訂購，另有優惠，請洽業務部（02）22181417 分機 1124、1135
特別聲明：有關本書中的言論內容，不代表本公司 / 出版集團之立場與意見，
文責由作者自行承擔

國家圖書館出版品預行編目 (CIP) 資料

超煩少女比結絲 . 3, 完美大對決 / 蘇菲 . 翰恩 (Sophy Henn) 作 . 繪；周怡伶譯 .
-- 初版 . -- 新北市：小木馬，木馬文化事業股份有限公司出版：遠足文化事業股
份有限公司發行，民 113.07　224 面；15x21 公分 . --（故事 ++；24）
譯自：Pizazz vs. Perfecto
ISBN 978-626-98735-4-8(平裝)
873.596　　113008270